AF452824

GRAVURES ET ESTAMPES

ANCIENNES ET MODERNES

EN BOIS CUIVRE ET EN ACIER

NOIRES ET COLORIÉES

XV AU XIX SIÈCLE

Durer, Raimondi, Rembrandt. Van Ostade, Callot, Moreau, Cochin,
Audran, Boucher, Demartean, Daullé, Wollet, Wille, etc.

Portraits, Caricatures, Costumes

Chasses, Pêches, Chevaux, Animaux, Paysages, etc.

VIGNETTES, MARQUES D'IMPRIMEURS

FRONTISPICES

GRAVURES EN LOTS

DESSEINS

Dont la vente aura lieu

HOTEL DES COMMISSAIRES-PRISEURS

RUE DROUOT, 9, SALLE N. 7

Le Mercredi 9 Mai 1883

à deux heures precises

M.ᵉ QUEVREMONT	**M. MELZI**
Commissaire-Priseur	Expert
Rue Richer, 46	13, Passage Saulnier

EXPOSITION PUBLIQUE

Le Mercredi de midi à deux heures

1883.

Vente Mercredi du 9 Mai 1883

GRAVURES ET ESTAMPES

ANCIENNES ET MODERNES

EN BOIS CUIVRE ET EN ACIER

NOIRES ET COLORIÉES

XV AU XIX SIÈCLE

Durer, Raimondi, Rembrandt, Van Ostade, Callot, Moreau, Cochin,
Audran, Boucher, Demarteau, Daullé, Wollet, Wille, etc.

Portraits, Caricatures, Costumes

Chasses, Pêches, Chevaux, Animaux, Paysages, etc.

VIGNETTES, MARQUES D'IMPRIMEURS

FRONTISPICES

GRAVURES EN LOTS

DESSEINS

Dont la vente aura lieu

HOTEL DES COMMISSAIRES-PRISEURS

RUE DROUOT, 9, SALLE N. 7

Le Mercredi 9 Mai 1883

à deux heures precises

M.ᵉ QUEVREMONT

Commissaire-Priseur

Rue Richer, 46

M. MELZI

Expert

13, Passage Saulnier

EXPOSITION PUBLIQUE

Le Mercredi de midi à deux heures

1883.

ALBUMS

1 — Album in-fol. contenant 121 grandes gravures de paysages et marines par Woollet, Le Bas, Olliamet, Daullé, Landerer, ecc. Belles épreuves.

ANDERLONI (F.)

2 — Jupiter que foudre les géans. Belle ép.

ANIMAUX

3 — 35 pièces anciennes de divers graveurs.

AUDRAN (Jean.)

4 — Le Couronnement de la Reyne.
5 — Peintures de Lebrun. 4 pièces.

AUTEURS DIVERS

6 — 40 pièces anciennes et modernes. Sujets mithologiques.
7 — 40 pièces anciennes variées.
8 — 50 pièces anciennes. Sujets religieux.

AUTEURS FRANCAIS ANCIENS

9 — 50 pièces, sujets divers.

AUTEURS ITALIENS MODERNES

10 — 15 pièces. Sujets mithologiques.
11 — 10 pièces. Sujets variés.
12 — 90 pièces. Sujets sacres. Plusieurs avant la lettre.

AVRIL (Jean.)

13 — La prise de Courtrai. — Le passage du Rhin. 2 pièces. Belles ép.
14 — Naufrage d'après Vernet. Belle ép.

4

BAUR

15 — Batailles. Suite complète de 12 gravures.

BEAUVARLET

16 — Silvie fuit le loup qu'elle a blessé.
17 — Le rendez-vous agréable. Belle ép.

BERAIN

18 — Ornéments. 6 pièces.

BETTAZZI

19 — Cléopatre et Lucrèce. 2 pièces. Très-belles ép. avant la lettre marg.

BETTELINI (Pierre)

20 — La transfiguration. Marges.
21 — *Maria Assumpta*

BISI (Michél)

22 — Vénus et Amour. Belle ép. avant la lettre.

BOISSIEU (J. J. De)

23 — Le Pape a Paris.

BONATO (Pierre)

24 — Sujets mithologiques. 3 pièces.
25 — Sujets amoreux. 4 pièces.

BOUCHER

26 — Arabesques. 6 pièces.

BRUYN (Nicolas De)

27 — 12 grandes gravures.

CALLOT (Jacques)

28 — Vie de Jésus. (La petite) — La même par Weyen. 2 Suites complètes de 12 gravures chaque.
29 — Caprices de varies figures. Suite complète de 45 pièces.
30 — Très-interessante et rare collection d'environ 700 gravures, (pres-
que toutes ses oeuvres) dont les plus célèbres figurent au coté des
petites raretés. En 1 vol. in-fol
31 — 50 pièces variées.

CAMPANELLA (Aug.)

32 — Les peintures de Luca Giordano à la Bibliothèque Riccardi de Florence. 3 pièces.

CARICATURES

33 — 26 pièces. Caricatures Napoléoniennes et autres, noires et coloriées.

CARONNI (Paul)

34 — Amour et Vénus. Belle ép. Marges.
34 bis — *Mater amabilis*. Belle ép. Marges.

CHASSES ET PÊCHES

35 — Interessant album contenant plus des 150 pièces anciennes par Kilian, Redinger, Demarteau etc.

CHEVAUX

36 — Interessant album contenant plus de 100 pièces anciennes par Galle,
Vierix, Golthius etc.

COCHIN

37 — Marine ; d'après Vernet.

COLLECTIONS

38 — Collection de 110 Vignettes variées anglaises sur acier, par divers.
39 —   »   de 25 jolis portraits de femmes. Vignettes anglaises sur
acier.
40 —   »   de 140 Vignettes variées françaises sur acier, par divers.
41 —   »   de 50 vignettes de caricatures anglaises.
42 —   »   de 15 sujèts variés, gravés par divers.
43 —   »   de 36 vues signées C. H. V. Phil. Gall. excud.

COSTUMES

44 — 12 pièces costumes en noir anciens.
45 — 32 pièces coloriées et en noir. Costumes de Théatre.
46 — 40 pièces coloriées. Musée de Costumes.
47 — 18 pièces coloriées. Costumes Italiens.

CUNEGO (Dom.)

48 — 12 pièces tirées des meilleurs tableaux.

DAULLÉ (J.)

49 — La ménagere Flamande.

DAVID (H.)

50 — Collection de 16 beaux portraits.

DELLA BELLA (Steph.)

51 — Le Pont neuf de Paris. Belle ép. Marges.
52 — Une fète florentine. Belle ép.

DELLA BELLA (Stef.)

53 — Le cheval de la mort.
54 — Ornements. Suite de 8 pièces.
55 — Vases. Suite de 6 pièces.
56 — Cartouches. Suite de 12 pièces.
57 — Vaisseaux. Suite de 6 pièces.
58 — Dessein. Suite de 24 pièces.
59 — Les ages et la mort. Suite de 5 pièces.
60 — Costumes. Suite de 12 pièces.
61 — Ornements. 20 pièces.
62 — Chasses. 6 pièces.
63 — Paysages, Plans, ec. 20 pièces.
64 — Fêtes. 9 pièces.
65 — Sujets divers. 60 pièces.
65 *bis*. — Sujets divers. 120 petites pièces.

DENON

66 — 2 gravures.

DEVÉRIA

67 — Le triomphe de Galathée. En noir. — Jupitér et Leda. Coloriée. 2
pièces. — Nymphes. 4 pièces coloriées sans auteur.

DEVÉRIA, GREVEDON ecc.

68 — Collection de 15 portraits de femme.

DURER (Albert)

69 — La vie de la Madone. Suite complète de 20 pièces. — Belles épreuves.
70 — La même. Copie de Marc Antoine Raïmondi. Suite complète de 17
pièces.
71 — Six hommes au bain.
72 — Le Cénacle.
73 — Homme qui tue un Lion.
74 — Le supplice de dix mille martires.
75 — Hercules.
76 — Déposition dans le tombeau. Belle ép.
77 — *Ecce-Homo*.
78 — Le baiser de Judas.
79 — Jésus en prière.
80 — Le pommeau de l'épée de Massimilien.
81 — Le petit St. Jérome. 2 copies.
82 — Fortune (La grande).
83 — La Vierge.
84 — La Jalousie. Mauvaise copie.
85 — Saint Jérome.

DURER (Albert).

86 — Sainte famille.
87 — Sainte Cathérine.

FAUCCI (R.)

88 — Peintures du Pinturicchio, inventées par Raphäel. 10 pièces.

FEOLI (Vincent.)

89 — La fable d'Amour et Psyché d'après Raphäel. 3 pièces.

FIGURES

90 — 8 petits albums. Figures anciennes tirées des livres.

FOLO (Jean)

91 — Adonis et Vénus.
92 — Danäe.
93 — Vénus.
94 — Amours. 2 pièces.
95 — Le triomphe de Scipion. 3 pièces.
96 — *Ego dormio.* Marges.
97 — *Mater dolorosa.* Belle ép.

FONTANA (Pierre)

98 — Apollus et Vénus. 2 pièces.
99 — La Carité. Marges.
100 — Sujets mithologiques. 2 pièces.

FRATREL

101 — La Sagesse.

FREY (Jac.)

102 — Les peintures du Domenichin.

FRONTISPICES

103 — 4 Albums d'anciens frontispices aux blasons, emblèmes et marques des imprimeurs.
104 — 5 grands albums de frontispices, vignettes, culs-de-lampe, fleurons,
ornéments, lettres, emblèmes, blasons, marques des imprimeurs
etc., le tout detaché des livres.
105 — 5 petits albums même genre.
106 — 30 pièces. Frontispices entiers.

GABBIANI

107 — Collection de Cent pensées gravées par d'habiles maîtres. Rome,
1786. Gravures coloriées. 3 manquent.

GALLE (Phil.)

108 — Medailles entourées de très-jolis et differents ornéments. 26 pièces.

GALLE, COLLAERT, SADELER

100 — Batailles, — Diane et Actéon. 13 pièces.

GANDOLFI (M.)

110 — L'enfant Jésus. Belle ép. Marges. Très-Jolie gravure.

GOLTIUS (HENR.)

111 — Divinités paganes. 8 pièces.
112 — Guerriers. 6 pièces.

GRAVURES DIVERSES

113 — Sujets divers. 35 pièces.
114 — Gravures coloriées du XVIII siècle. Sujets variés 14 grandes piè-
      ces, par divers.
115 —   »   coloriées. Sujets variés tirés des desseins des meilleurs
      maitres,
116 —   »   coloriées et en noir relatives a la vie de Louis XVI et
      Pie VI. 6 pièces.
117 —   »   anciennes tirées des livres. 4 albums.

HAID (Joh. Jac.)

118 — Collection de 10 beaux portraits.

JARDIN (Du)

119 — 10 gravures d'animaux.

JESI (Sam.)

120 — Madone. Belle ép. Marges. — Agar. 2 pièces.

JOHANNOT

121 — L'amour desarmé. Belle ép. Marges.

KUSELL (Melc.)

122 — Vues et autres sujets. 51 pièces.

LANDERER

123 — Décharge du Bagage. — Halte de Vivandier. 2 pièces.

L'ARMESSIN (De)

124 — Collection de 50 beaux portraits.

LAUGIER

125 Le Zéphir.

LAUNAY (N. De)

126 — Marche de Silène. Belle ép.

LAURO

127 — Les trois graces d'après Raphäel. Marges.

LE BAS, BENAZECH ET SHERLOCK

128 — Le Grange, La laiterie, Le chasseur fortuné. 3 pièces.

LE BLOND

129 — Sujets mithologiques. Suite complète de 12 pièces.

LE PAUTRE

130 — Vases a l'antique. 10 pièces.
131 — Fontaines ou jets d'eau. 6 pièces.
132 — Sujets mithologiques. 16 pièces.
133 — 16 piéces variées.

LEROUX

134 — Le discret. Belle ép.

LETTRES DES LIVRES

135 — 132 pièces de lettres detachées des livres.

MAESTRO DEL DADO

136 — 4 gravures.

MASSARD

137 — La plus belle des mères·

MONNET

138 Episodés de la Révolution française. 7 pièces par divers.

MOREAU (Le jeune)

139 — Suite incomplète de gravures par la Pucelle de Voltaire. Belles épreuves. Marges.

MORGHEN (Raphäel)

140 — Le Cénacle d'après Leonard de Vinci. Marges.
141 — La transfiguration d'après Raphäel. Belle épreuve. Marges.
142 — Le répos en Egypte d'après Poussin. Belle épreuve. Marges.
143 — Portrait du général Moncada d'après Vandyck. Belle ép. Marges.
144 — Angélique et Médor. Belle épreuve. Marges.
145 — La famille russe d'aprés Hauffman. Belle épreuve. Marges.
146 — La madone au Sac d'après Andrea del Sarto. Belle ép. Marges.
147 — Les filles de Lot. Magnifique ép. avant la lettre.
148 — *Ego dormio*, d'après Rubens. Belle ép.
149 — La Magdaléne d'après Murillo. Marges.

10

MORGHEN (Raphäel).

150 — Saint Jéan Baptiste d'après Guido Reni.

151 — Justice, Théologie et Philosophie. 3 piécés. Belles ép.

152 — La Carité d'après Coreggio. Belle ép.

153 — Saint Jéan Evangeliste. Belle ép. Marges.

154 — Jésus Christ. Marges

155 — Les quatre poetes. 4 pièces. Belles ép. Marges.

156 — La Poesie d'après Dolci. Belle ép. Marges.

157 — La Peinture et la Poesie d'après Hamilton. 2 pièces. Belles ép.

158 — Madone d'après Sassoferrato. Belle ép. avant la lettre. Marges.

159 — Théologie (La petite). Marges.

160 — Magdaléne (La petite).

161 — *Parce somnum rumpere.* Très-rare épreuve non terminée.

162 — Portraits des Granducs de Toscane. 2 pièces. Marges.

163 — Portrait de Georgius Jonas Mayer. 2 copies belles ép. Une avant
        l'inscrition.

164 — » de Napoléon. Belle ép. Marges.

165 — » de Laurent des Medicis. Belle ép. Marges.

166 — » du Cardinal Turchi.

167 — » de Volta. Marges.

168 — » de Ferdinand III.

169 — » de Ange d'Elci. Très-rare èpreuve sur papier en couleur.

170 — » de Cellini.

171 — » de Machiavelli.

172 — » de médaille et Zuccagni.

173 — » de Goldoni. Marges.

174 — » (petit) de Dante. Marges.

175 — » de St. Philipphus Nerius.

176 — Trois ses differents Portraits.

MOYREAU, HACKERT, DEVISSE, etc.

177 — Paysages. 16 pièces.

NOCCHI (J. B.)

178 — Les peintures de Fra Giovanni Angelico. 35 pièces.

NOCCHI (Pierre)

179 — Madones. 3 pièces. Belles ép. Marges.

PAVON (Ignace)

180 — La transfiguration. Belle ép.

181 — *Mater pulchrae dilectionis.* Belle ép. Marges.

182 — *Sedes sapientiae.* Marges.

183 — Saint Jean Evangéliste. Marges.

PAYSAGES

183 *bis* — 65 pièces anciennes et modernes, par divers.

PERELLE

184 — Paysages. 60 pièces.
185 — Petits paysages. 110 pièces.

PIAZZETTA (Jo. Bapt.)

186 — 12 grands portraits d'après Tiepolo. Belles épreuves. Marges.

PINELLI (Bart.)

187 — Sujets romains. 2 grandes pièces.

PITTERI (Marc.)

188 — Les apôtres et les evangelistes. 16 pièces, belles ép. Marges.

POILLY

189 — Sujets sacres. 2 grandes pièces.

PORPORATI (Charle)

190 — Le bain de Léda. Marges.

PORTRAITS

191 — 4 pièces. Portraits variés par Audran, Wille et Clemens.
192 — 10 grandes pièces. Portraits variés par Vischer, Bloemaert, Kilian, Schmuzer etc.
193 — 20 pièces. Portraits-costumes, gravés par les meilleurs graveurs italiens modernes. Plusieurs avant la lettre.
194 — 30 pièces. Peintres, graveurs, sculpteurs ecc., par les meilleurs graveurs italiens modernes.
195 — 2 grandes pièces. Chantants et musiciens, par Rainaldi — Portrait de Mengs par Ravenet.
196 — 35 pièces modernes. Personnages historiques.
197 — 20 pièces anciennes. Personnages historiques.
198 — 28 pièces. Papes, Empéreurs, Rois, Reines, Princes ecc.
199 — 30 pièces par Ad. Halvech. Portraits de la famille des Médicis.
200 — 20 pièces. Portraits gravés en bois tirés des livres.
201 — 70 pièces. Portraits gravés en cuivre tirés des livres.
202 — 30 Portraits de Napoléon I et Viguettes qui le regardent, pièces, par divers auteurs.

RAIMONDI (Marco Antonio)

203 — La vie de la Madone copiée d'après Durer. Suite complète de 17 pièces.

RAINALDI (François)

204 — Le rapte d'Europe. Belle ép. Marges.
205 — Diane et Actéon. Belle ép.

REMBRANDT

206 — Sujets variés. 11 pièces par divers.
207 — Sujets variés. 10 pièces par Hertel.
208 — 20 pièces. Sujets variés.
209 — Le Samaritain par Errard.
210 — Tobie par Walker.
211 — La sainte famille par Le Bas.
212 — Vertumne et Pomone par Lepicié.
213 — Les mendiants. 8 pièces par Van Vliet.

RICCIANI (Ant.)

214 — Judithe. Belle ép.

ROSA (Salvator)

215 — Attilius Regolus.

SADELER (Les)

216 — Sujets divers. 35 pièces.
217 — Album de 32 pièces. Sujets sacres.

SANREDAM

218 — Sujets divers. 7 pièces.

SCHAUFFLEIN (Jean)

219 — Chasse du Cérf. — Guerrier. 2 pièces.

SCHMIDT

220 — 2 Portraits.
221 — Présentation de Jésus au temple. — Le Christ au lit d'un malade. 2 pièces.

SCHMUZER (Jac.)

222 — Silène et sa compagne.

SCOTTO (Fr.)

223 — La modestie et la vanité. Belle ép. Marges.

SCOTTO (Jérome)

224 — *Mater pulchrae dilectionis*. 3 copies. Une avant toute lettre et une avant la dedicace. Belles ép. Marges.
225 — Madone de la Chaise. Belle ép. Marges.
226 — Le baiser aux reliques.

SIMONINI (Fr.)

227 — Batailles. 2 grandes pièces par Viero.

STOBER (Fr.)

228 — Suite de 18 gravures mithologiques.

STRADANUS (Io)

229 — La vie de Jésus. Suite de 20 gravures.

STRANGE R.

230 — Cupide.

SUITES DIVERSES

231 — Suite de 30 vignettes d'après Deveria, Janet-Lange etc. par les Contes de La Fontaine.
232 — Suites (2) complètes des Sybilles. 24 gravures.

SUJETS SACRES

233 — 4 pièces par Picart, Desplaces, Duflos et Francieres.

TEMPESTA

234 — Gravures tirées des livres. 3 albums et 8 pièces.

TESTI (David)

235 — La fortune d'après Michel-Ange. Belle épreuve. Marge.

THOMASSINUS (Phil.)

236 — Les vértus et les vices. Suite complète de 15 gravures.

TINTORET

237 — Crucifixion.

VAN OSTADE

238 — L'école.
239 — Le coup de couteau. 3 copies.
240 — Les harrangueurs.
241 — La chaumière. 2 copies.
242 — Homme et femme.

14

243 — Le père de famille. 2 copies.
244 — Le *Benedicit*. 2 copies.
245 — L'émouleur.
246 — Homme et femme.
247 — Le tric-trac.

VASES, ORNEMENTS, ORFÉVRERIE, MEUBLES, etc.

248 — 33 pièces anciennes.

VIGNETTES

249 — 4 petits albums de vignettes tirées des livres.
250 — Vignettes et gravures. 5 pièces.

VISCHER (J. de)

251 — Le vendeur. — Le négre. 2 pièces.

VOLPATO (Jean)

252 — Les peintures de Raphäel aux salles du Vaticane. 8 pièces, belles
    ép. La dernière par Morghen. Collection complète.
253 — 8 pièces. Sujets divers.
254 — 5 pièces. Paysages.

VOLPATO ET PITTERI

255 — Portraits. 4 grandes pièces.

WILLE (J. G.)

256 — Le concért de famille.
257 — Instruction paternelle.

WOUVERMENS

258 — Oeuvres gravées par I. Moyreau. Collection incomplète de 50 gra-
    vures. — 15 autres de differens auteurs. Reliées en 1 vol. in-fol.

DESSEINS

ADEMOLLO

259 — 15 grands et magnifiques desseins originaux coloriés, Sujets romains. *Remarquable
collection très-interessante et de la plus haute
importance.*

CHIARI

260 — Desseins originaux des peintures d'André du Sart. 8 belles pièces.

261 — **Album** contenant 200 desseins modernes coloriés et en noir.
262 —   »   contenant 170 desseins anciens en noir et en couleur.
263 —   »   de 28 desseins medernes.

264 — **Costumes** de théatre. Album de 100 pièces coloriées.
265 —   »   Italiens. 26 pièces coloriées.
266 —   »   Espagnols. 8 pièces coloriées.
267 —   »   Masques de théatre. 14 pièces coloriées.

268 — **Desseins** du XV siècle. 4 pièces.
269 —   »   anciens. 60 pièces noires et coloriées.
270 —   »   modernes. 50 pièces noires et coloriées.

271 — **Ornemements**. — 16 pièces.

Florence, Imprimerie le **Giusti**

www.ingramcontent.com/pod-product-compliance
Lightning Source LLC
LaVergne TN
LVHW012158170726
843503LV00009B/4243